KB039717

고양이가 말했다
나처럼 살아보라고

CATFFIRMATIONS

고양이가 말했다
나처럼 살아보라고

CATFFIRMATIONS

글·그림 림헹쉬
옮김 요조

포레스트북스

두 고양이와 함께 산 지 꽤 되었다. 나는 주변에 이들을 두 명의 '털인간'이라고 소개한다. 털인간이라는 호칭에서 짐작할 수 있듯이, 나는 이들을 특별한 경이나 존경, 신비로움의 대상이라기보다는 정말이지 털이 한가득 나 있고 꼬리가 달린 작은 인간으로 여긴다.

이들은 말이 많고, 많이 먹고, 똥배가 나왔고, 꼬질꼬질하고, 귀찮은 타입이고, 따뜻하고, 잘 때는 몸을 꼭 붙이면서 정답게 굴다가도 일어나면 놀랍도록 냉담해지고, 민망함을 알고, 종종 웃기고, 코를 골고, 많이 자면 얼굴이 붓고, 어떨 땐 못생겼다가 어떨 땐 잘생겨 보인다.

나는 인간과의 관계에서 느끼는 많은 것을 함께 사는 두 고양이에게서 고스란히 느낀다. 그래서 나는 그들을 한집에 사는 인간 대하듯 한다. 이것은 대체로 바보 같다고 여기면서도 자고 있는 얼굴을 가만 보고 있으면 모든 것이 다 미안해지면서 속수무책의 감정이 드는, 그러한 사이로 대한다는 뜻이다.

나는 나른하고 여유로운 동시에 현명하고 용감무쌍한 이 책 속의 고양이를 보면서 후줄근한 우리 집 털인간들과의 간극을 생각할 수밖에 없었다. 이렇게 세상을 오롯이 즐길 줄 아는 자유롭고 멋진 고양이가 과연 존재할 수 있을까 하는 의문이 들 정도였다. 그런 의문을 지닌 채로 책의 문장들을 이리저리 매만지던 어느 날, 나는 세상에는 이토록 끝내주는 고양이가 당연히 존재할 거라고 믿기로 했다. 나도 이제 어엿한 어른으로서 언제까지나 믿음을 수동적이고 조건적으로만 운용할 수는 없겠다는 생각이 들었기 때문이다. 어느 쪽을 믿을지 마음대로 선택할 수 있는 자유를 나는 기

꺼이 사용하기로 했다.

뿐만 아니라 우리 집 털인간도 얼마든지 이렇게 굉장한 고양이가 될 수 있다는 사실도 새삼스럽게 깨달았다. 이 깨달음은 그동안 털인간과 내가 집 안에서만 만나왔다는 사실을 생각하다가 얻은 것이다.

우리는 집 안에서만 만나는 상대에게는 웬만해서는 멋진 모습을 보여주지 않는다. 집에 있을 때 나는 잘 씻지 않는다. 머리도 대충 틀어 올려 묶는데 이 모습을 본 사람들은 헝클어진 머리를 한 인물들이 등장하는 드라마 〈추노〉를 하나같이 떠올린다. 입은 옷 역시 추레하고 말쑥하지 못하다. 집 안에서 마주치는 존재라고 해도 좋을 만큼 빈번히 만나는 친구들은 툭하면 내게 '아 맞다, 너 가수였지', '깜박했다, 너 작가였지' 하고 놀린다.

집 안에서의 나만 알고 있는 털인간들은 내가 집 밖에서는 얼마큼 멋진지 조금도 알지 못한다. 내가 얼마나 근사한 옷을 입고, 노래를 멋들어지게 부르고, 얼마나 똘똘하고 재미나게 글을 쓰는지 조금도 알지 못한다. 그들은 무심코 떨어진 시든 이파리처럼 방바닥에 늘어져 있는 내 모습만을 노상 목격한다. 아마 내가 항상 그 모습으로만 산다고 생각할지 모른다. 내 쪽에서도 마찬가지다. 앞에서 언급한 털인간의 여러 모습들은 내가 집에서 노상 목격하는 그들의 일면일 뿐이다.

털인간들은 집 밖에서 충분히 다른 존재일 수 있을 것이다. 그들은 집 안에서는 똥배 나온 게으른 털인간일 뿐이지만 내가 모르는 세상에서는 파도를 타고 넘으며 스스로 파도가 되기도 하는, '털인간' 같은 굴욕적인 별명 따위는 어울리지 않는 고양이 바로 그 자체일 수도 있다.

언젠가 털인간들이 집에서 나가버리는 꿈을 꾼 적이 있다. 자고 일어나 방문을 열었더니 현관문이 부서진 채로 열려 있고 털인간들은 집을 나가고 없었다. 그때 잠에서 깨어나 꿈인 걸 알았을 때는 가슴을 쓸어내리며 안심했지만, 지금 다시 생각하니 그건 엄청나게 설레고 흥미진진한 고양이 모험담의 시작이었다는 생각이 든다. 그들은 집을 나가서 어디로 갔을까. 거기서 무엇을 했을까. 그리고 무엇이 되었을까. 혹시 털인간들은 정말로 현관문을 부수고 밖으로 나가고 싶다는 생각을 이따금 하면서도 꾹 참고 나와 살아주는 것은 아닐까.

    누군가와 한집에 사는 가까운 사이가 되는 것은 특별할 것 없는 모습만을 지겹도록 보는 사이가 되는 것이다. 나는 이 책을 번역하면서 우리 집 털인간들이 나와 살면서 이루지 못하게 된 다른 삶의 가능성을 잠시 엿본 기분이 들었다. 그 가능성과 이 현실의 가치가 등치를 이루는 일이라면, 우리가 한집에 살며 느끼는 지겨움이 사실은 지극히 경이로운 일임을 나는 깨닫는다. 나는 앞으로 지겨움을 느낄 때마다 이 일이 한편 얼마나 경이로운 것인가에 대해서도 늘 함께 생각하지 않으면 안 될 것이다.

요조

"당신의 마음에도 고양이가 살고 있을 거예요.
지혜롭고 영리하게 일상을 기적처럼 이끄는, 그런 고양이가"

I contain MULTITUDES.

나는 많은 존재들을 품고 있어.

나는 내가 있는 바로 그 자리에 있어.

I am just right
just where I am.

I feel seen.

나는 들키지.

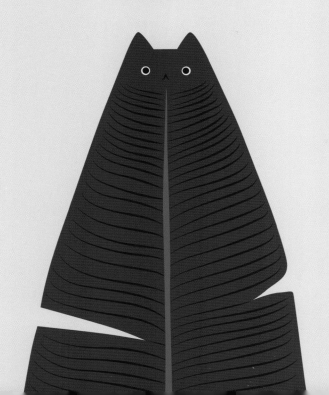

Abundance
comes naturally
to   me.

내 삶은 자연스럽게 풍요로워져.

나는 침착하고 자신감이 있어.
만약의 경우를 대비한 날카로운 가시들로 뒤덮여 있지.

I am calm and confident
and covered in sharp spines just in case.

I go effortlessly with the flow.

나는 힘들이지 않고 흐름에 몸을 맡길 수 있어.

Now is the perfect time
to manifest the perfect place.

지금이야말로 완벽한 장소를 보여줄 완벽한 시간이야.

가끔은 놓아주는 것도 좋아.

Sometimes it's good to let go.

I reach out with curiosity.

내가 뻗는 손끝에는 호기심이 있어.

쉴 수 있는
나만의 특별한 자리를 찾을 거야.

나는 파도를 타. 거대한 힘으로 솟아오르는 파도.
I ride the wave. A wave that rises with great power.

나는 파도야. 어디로 가야 할지 아는 가장 높은 파도.
I am the wave. A wave that crests, knowing its direction.

I hurl free
of the wave.

나는 파도를 벗어던져.

I'M SIMPLY RADIANT.

나는 따뜻하게 빛나.

If you don't
get me,
I have to go be
awesome elsewhere.

네가 날 알아주지 않으면
난 다른 곳에서 멋을 부려야 해.

여기서 나갈 수 없어.

I am grounded.

away.

is just a catnap

Inner peace

마음의 평화는 낮잠처럼 지나가.

I don't have to chase anything to be happy

나는 행복하기 위해 아무것도 추구할 필요가 없지.

I am liquid.

I am stillness.

I'm a
gorgeous contradiction.

나는 움직이지 않는 액체.
나는 근사한 모순이야.

내 사전에 스트레스는 없어.

Stress
is not in my
vocabulary.

To live is to PLAY.

산다는 것은 노는 거야.

in there.

난 영원히 매달려 있을 거야.

I've had many lives. And I embrace them all.

많은 삶들이 모두 내 품 안에 있어.

I can thrive
no matter where
I am.

나는 어디에서든 잘 자랄 수 있어.

인생의 장애물들은 모험이야.
Life's obstacles are an adventure.

나는 자신있게 성큼 뛰어들어.
I leap in with sure-footed confidence.

And stick the landing.

그리고 완벽한 마무리.

EVER ALERT.

ALWAYS MINDFUL.

언제나 또랑또랑, 항상 조심해!

I'll reveal myself
when I'm good and ready.

마음의 준비가 되면 날 보여줄게.

내가 여행이고,
여행이 나야.

I am
the journey.
The journey
is me.

I embrace love in my own way.
사랑을 받아들이는 나만의 방법이 있어.

always seek a new perspective.

나는 항상 새로운 관점을 추구해.

I'll know
the right time
to pounce.

덮치기 좋은 때를 알게 될 거야.

I will make it to the top
on my own terms.

나는 내 방식대로 정상에 오를 거야.

I can float above it all.

나는 그 모든 것 위를 떠다닐 수 있어.

All roads lead to

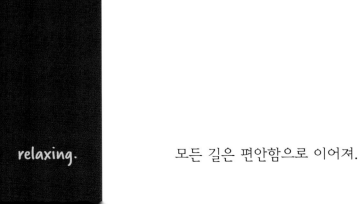

relaxing.

모든 길은 편안함으로 이어져.

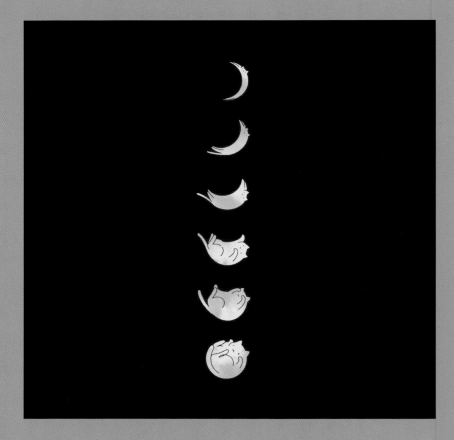

바뀌는 모든 것은 기회야.

Every change is an opportunity.

나는 그 위에 내 발을 딛고 일어설 거야.
I know I will land on my feet.

영원한 시간의 흐름에 기댄 채로.

Lean into the eternal flow of time.

I

AM

난 정말 대단해.

MAGNIFICENT.

고양이가 말했다 나처럼 살아보라고
CATFFIRMATIONS

초판 1쇄 발행 2023년 4월 12일

지은이 림헹쉬 **옮긴이** 요조
펴낸이 김선준

편집본부장 서선행
기획편집 임나리 **편집1팀** 배윤주, 이주영 **디자인** 김예은
책임마케팅 신동빈 **마케팅팀** 권두리, 이진규
책임홍보 권희 **홍보팀** 한보라, 이은정, 유채원, 유준상, 박지훈
경영지원 송현주, 권송이

펴낸곳 ㈜콘텐츠그룹 포레스트 **출판등록** 2021년 4월 16일 제2021-000079호
주소 서울시 영등포구 여의대로 108 파크원타워1 28층
전화 02) 332-5855 **팩스** 070) 4170-4865
홈페이지 www.forestbooks.co.kr

ISBN 979-11-92625-32-4 (02840)

㈜콘텐츠그룹 포레스트는 독자 여러분의 책에 관한 아이디어와 원고 투고를 기다리고 있습니다.
책 출간을 원하시는 분은 이메일 writer@forestbooks.co.kr로 간단한 개요와 취지, 연락처 등
을 보내주세요. '독자의 꿈이 이뤄지는 숲, 포레스트'에서 작가의 꿈을 이루세요.